句集

川原真理子

ひかり秘めたる

hikari himetaru

ふらんす堂

序に代えて

待たせて悪いと思いつつも重い腰がなかなか上がらないのが句集の〈序文〉。早め早めに事を運べたことがない。自分の内部から突き上げるような欲求が湧くまで、どうにも動けない状況が続く。負け惜しみでも自己弁護でもなく、この句稿を放っておく時間がまっさらな句稿に立ち向かう為の助走期間なのだ。この句集も半年以上も前に削りに削り、選句だけは済んでいた。大幅に削ったと言うことしか覚えていないくらい時間が経ってしまった。この句集は母上の希望と聞いていたが、この間に逝去されたとのこと。心苦しい限りである。

渦 の 中 ひ か り 秘 め た る 蝸 牛

掲句がこの句集のタイトルになった訳だが［ひかり秘めたる］の部分だけ切り取って見ると、彼女自身に当てはまるかのよう、未生の逸材の〈予感〉をそこはか

となく感じさせまいか。〈予感〉と言えばその一つ前に置かれている

逢魔が時籐椅子に祖母透きとほる

の〈透きとほる〉が〈ひかり秘めたる〉と反応して連句のようなイメージリエゾン〈溶け込み〉を引き起こしているようにも思う。

この句集、ページを捲ってまず気が付くのが［恋］の気配。フィクションと軽く往なす、はたまた韜晦する女性心理の裏の裏を深読みするのはこちらの自由、対岸の火事の眺めは頗る愉しい。

秋雨や肩抱く指に惑ひあり
これやこの恋類焼しあれよあれよ
燃ゆる身をしづむるに足る泉なりや
修羅場でも美しくあれ白桔梗
三日月の針で釣られし恋のやう
柚子かぼす区別のつかぬ君が好き

風薫る接吻は単車に乗つたまま
悪い人ぢやないのだけれどと揉む胡瓜
夜の秋粋な別れを少し悔ゆ
恋心出し惜しみする性暑し

どこか流行り歌風のフレーズを彷彿とする言葉も鏤められていて、プラスチック・ラブ（Plastic Love/無機質な愛、語源は竹内まりやの楽曲辺りか）（JASRAC 075-0273-7）の渇き具合を感じ取ったのは私だけか。

桃を押す悪癖治らぬをとこあり

昔の伊丹十三の映画に、スーパーに何時も来る老女が餡パンをビニールの袋の上からひとつずつ、執拗にぐにゅぐにゅ押して出て行くという妙なインサートカットがあったが、即座にそれを思い出した。
別にストーリーに不可欠なカットでもなんでもないのだが、伊丹は時に変な演出に拘る。〈触れないで〉の注意書きがなければ、普通の主婦なら見比べるに飽き足らず触診するのは当然のこと、この私だっていちいち押して確かめたい処だ。これは不特定多数の男性の持つ〈桃〉に対するエロチックな妄想に対しての抗議とも付かぬところで終わらせている。そして次なる句

惜しむべし春とをとこの愚かさを
桃よりも傷つきやすきをとこたち
マスクしてをとこ幼くなりにけり

男の価値が上がったり下がったりで忙しいが、そう、男なんて幾つになっても愚かなもんなんだから、賢明な女性に言われても、少しも恥ずかしくない。どんどん惜しんでやってと、こちらから懇願するところである。

冬支度まづこの恋を終はらせる
好きだつて言へば良かつた春の雪

こちらでは〈次の恋〉の為にいまの恋をご破算にするという、強かさが見える。
否、これはドラマタイズするための疑似フレーズ。この作者はそう易々と本心など

明かしはしない。正しく竹内まりやの歌詞［恋なんてただのゲーム／楽しめばそれでいいの］といった、渇いたラブゲームを展開するつもりなのだ。短歌の世界では婀娜と男女の恋の歌を謳えるが、俳句では中々難しい。及び腰の我々を尻目にこの作者は素知らぬ顔で燕のようにスイッと通り抜ける。今一度、竹内の歌詞を思い出せば

［私を誘う人は皮肉なものね／いつも彼に似てるわ］というフレーズが出てくる。そう、今更ここに来て好きだったなんて言える訳がない、と呟く。そんなもて余し気味の女ごころを下五の〈春の雪〉で纏めあげる。

〈春の雪〉は〈なごり雪〉とも言うことくらいギャラリーは承知しているだろうとしっかり押さえてあるのだ。フィクション or ノン・フィクションの間で繰り広げられる疑似ラブゲームを楽しみたい。しかし、こういう切ないLOVEを謳う為に彼女が俳句に参入して来たとは思えない。俳句に入る切っ掛けになった、句が何であったか知りたいと思う。

それはそれとして、作者の確かなものの把握、観察眼がまた優れていると思われ

る句をいくつか掲げる。

くれなゐをはつかに抱けり蒸鰈
懸大根晴れ晴れと村塗り直す
冬凪や伊根の舟屋に灯の二列
絵硝子に日矢は染められ弥撒始

蒸鰈の句は見事、福井は小浜の朝市辺りに並んだものを活写したか。〈くれなゐ〉と〈はつかに〉の和語にのせて見事に再現、食べ物の句は旨そうにと言う鉄則通りに仕上げている。ああ、若狭の蒸鰈一枚焙って、銚子一本付けてくれないかと、所望したくなる。若狭繫がりで丹後半島にでも行ったか「伊根の舟屋」そして「弥撒始」の二句などはこの句集に間違って紛れ込んで来たような、真っ当な写生句である。が、ほほほ、このくらいのところは一応出来ますのよ、と澄ましているところなのかも知れない。

私のトーテムは猫初茜

［トーテム／totem］広辞苑には社会の構成単位となっている親族集団が神話的な過去において神秘的・象徴的な関係で結びつけられている自然界の事物。主に特定の動物・植物で、集団の祖先と同定されることも多い――とある。わが「銀化」にはこの作者をはじめ、かなりの猫派（飼っているいないに拘わらず）が多い。彼女等はときどき仲間内では猫語で喋っているようである。私の知ってる限り外部では正木ゆう子もトーテムは〈猫〉と言う気がする。自分のトーテム〈祖先〉を猫と言える人はなんだか羨ましい。トーテムとは一寸違うかも知れないが、私は「鷹」の奥坂まやさんから、自分の本性は〈タコノマクラ〉ウニ綱タコノマクラ目だと断言されてから、抗う事なくそうなのだと思うようにして来たが、彼女もそういう〈お告げ〉を受けたのだろうか。正木ゆう子にしろ、五感の発達している人は多分に巫女《みこ》的なところがあり、どこか普段の言動にも似通った処があるように思う。猫の媚びる、阿《おもね》ることをしない性格が何処か似ているのかも知れない。

作者の〈為人《ひととなり》〉生まれつきの性質、ひょっとして俳句をやるようになって後天的に獲得、もしくは目覚めた性格に、〈何もかもお見通し〉的な処があって、物の本質を難なく見抜きそれをアイロニカルに表現した句も作っている。左記の句群には〈お見通し〉という言葉が一番上手く当てはまるように思う。

不用品ほど美しき夜店かな
筋肉も愛も育てず冬籠
感嘆符散らし良夜の聞き上手
善人の集ふ寂しき日永かな
晩節は汚れがちなり桜の実
退院の大名行列春うらら
中身より見かけ大切蟇
失せしもの一つ白玉の弾力
願ひ事聞く気など無き流れ星
レガッタのコックス評価され難し
ご両家の渾身の嘘菊日和
紙袋はシャネル中身は水羊羹

この中でも［退院の大名行列］と［渾身の嘘］の二句には脱帽。ヒヤリ、そしてニヤリとさせられる。何様の退院か知らぬが、ぞろぞろとお付きの人がいる、社会的立場の空虚さをグサリ、そしてご両家の結婚式前親族紹介の際の虚栄と粉飾を見事に暴く鋭さで、喝采ものであった。

「銀化」の中でも、割合あとになって参加して来た川原さんだが最初から自由奔放に、旧套に泥む時間もなく、いきなり大海に泳ぎ出たような処があった。それで溺れかけても全く気後れする風でもなく度胸はあった。迷いつつ徐々に守備範囲を広げ奇想を上手く飼い慣らし、衆目を集めるようになった。本人は極、飽きっぽい性格と言っているが、こと俳句に関しては、苦難より先に可能性、と同時に面白さを早々と手に入れたのだろう。最近はちっとも面白い句が出来なくてと、ぼやいているようだが、第一句集を出した後は私などもガックリと落ち込んだ。自分の育てた子供が巣立った後の［空の巣症候群］（Empty nest syndrome）のような、虚脱感を味わうものだ。暫くこれはと思う句が出来なくなる。

しかし、そのぽっかり空いたかのような処に、新しい水が湧くまで自分をほったらかしにして置けば良い、と私は考える。枯れるか満ちるかは時間が答えを出してくれるだろう。

身の内に奔馬一頭春疾風

この一句を見ても、彼女の俳句に対する並々ならぬ情熱が、解ろうというもの。奔放不羈に生きて来た人を今更縛り付けようなど、どだい無理な話なのだ。

蛤の鍋にかそけきかひやぐら
牡丹雪無為な言葉のやうに降る
水温む死者は洗濯物出さず
人は白息電車は人を吐きにけり
花冷えの中有の傷のごとき月
撃てるかと鹿に問はれてをりにけり
今朝の冬手強くなりしバタナイフ
枯蔓を引けば崩るる大伽藍
病因は上七軒の梅便り

虚であれ嘱目であれ、言葉と言葉が出会い新しい空間が現れることに驚きたいのであって、例えば［かひやぐら］の句、蜃気楼の別称は沢山あってその中でも［大蛤］から蛤鍋を連想し、鍋から立ち上がる湯気の中に〈かそけき〉蜃気楼を見たという遊びを企てていることが解る。そうかと思えば［死者は洗濯物出さず］という、改めて考えて見るまでもない句に立ち止まる。確かに我々生者は毎日のように洗濯する物を出すが、死者は湯灌の際剝ぎとられた衣服を最後に洗濯物など出さない。というより着て汚すから洗うのであって、死んだら金輪際必要ないから恐らく焼却するのみ。至極当然のことを書いているのだが、意識をリセットさせられる。

かと思えば［バタナイフ］の句。日常のワンシーンをすかさず取材して〈今朝の冬〉、急な気温の降下に因る硬さを増したバター。それを掬い出そうとする作者。ナイフから手への今までとは違う〈抵抗〉を〈手強く〉と書く。実際にはそれまで冷蔵庫にあったとすれば、充分硬くそれほど差がある訳ではない。これは表現上の真ということで了解出来る範疇だと思う。

また［枯蔓］の句が馬鹿馬鹿しく面白い。どこぞの国の手抜き建築物でもなければ起こり得ない崩壊のシーン。この超絶誇張〈マニエリスム風〉を前にまさかの思いが先に立つ。〈虚〉と承知の上、一本の枯蔓と伽藍が実は繋がっていて、それを引くと一気に伽藍が倒壊するという映画のセットじみた妄想企画。実は私もやってみたかった演出で、先を越されたかと、忌々しくも悔しくもある。

最後の［病因］の句は少々手強い。判じ物風な遊び。上七軒とは言わずと知れた京都の祇園と並ぶ花街で、古くから西陣の旦那衆の遊び処で知られる。その辺で遊んで病気になったらしいとなれば、直ぐに口さがない連中の噂となる。丁度、梅の花で有名な北野天満宮が隣接する背景から、季節の到来を知らせる〈梅便り〉を下五に付けたというお茶目。何をか況んや、病因はまことしやかに〈梅の病気〉と匂わせているのだ。

ここまで書けば察して戴くしかなく、それ以上は野暮、勘が悪いというもの。この手の句を女性に作られてしまうと、男形無しというものだ。（もっとも作者本人は恋患いの句だと強弁している。）

ある種の才能のある人というのは、何処か過剰な処があるもの。この過剰さが、なりを潜めたとき、どういう立ち姿になるのか今は一寸想像がつかない。多いに悩み尽くして欲しいものだ。私が削りに削った句の中に、ヒントとして既に燻り始めている〈欠片〉があるかも知れないとだけ言っておこう。

余りにもネタばらしをやり過ぎては読者の興味を削ぎかねない。私としてはこの句集を世に出す為の介添え役、早々と消え失せた方が良さそうだ。まさかのまさかでも、句集が出せたことを自分史の一ページに書き加えて戴きたい。上梓出来たことを心よりお祝い申しあげる。

二〇二三年五月十七日　五月半ばだというに、日本各所で猛暑を記録する

中原道夫

ひかり秘めたる／目次

装丁・中原道夫
カバーイラスト・黒井　健

句集

ひかり秘めたる

ひかり秘めたる

2011

平成二十三年

かぼす見て思ひ出す友二人在り

からすうりいつからそこにゐたのやら

秋雨や肩抱く指に惑ひあり

秋の炉にくべし手紙の灰美し

これやこの恋類焼しあれよあれよ
おこごともまぜてのみほすたまござけ

事の終はり始まる予感春立ちぬ

雛の宴末恐ろしき客さばき

咲くために弥生の雪に包まれる

佐保姫の号令一下咲く萌ゆる

海はすぐそこ春風よ右折せよ

肥後椿祖父身罷りし年咲かず

退院の大名行列春うらら

喧嘩して仰向けに見る藤の房

逢魔が時籐椅子に祖母透きとほる

渦の中ひかり秘めたる蝸牛

転機一つ潜みをるらん木下闇

燃ゆる身をしづむるに足る泉なりや

抱き締めてしまつたがさて夜の秋

桃を押す悪癖治らぬをとこあり

多画数の虫偏ばかり鳴かせ来る

学校を退めて来たよと赤蜻蛉

修羅場でも美しくあれ白桔梗

三日月の針で釣られし恋のやう

煙突で昼の三日月一休み

佯狂

2012

平成二十四年

菊枕ぱりぱり夢に分け入りぬ

鬼の子に千代紙着せて過ごす午後

佐恵ちゃんが急にいぢわるハロウィーン

柚子かぼす区別のつかぬ君が好き

払暁の首筋に冬すべり込む

終ひ弘法掘り出し物に旅費見合ふ

初春に乙女のやうな伯母逝けり

羊日の葬儀人影まばらなり

変声期沈黙学ぶための冬

洗つても消えぬ記憶やコート棄つ

水温む死者は洗濯物出さず

牡丹雪無為な言葉のやうに降る

四ツ折の心開いて沈丁花

身の内に奔馬一頭春疾風

蛇は衣を私は恋を脱ぎませう

風薫る接吻は単車に乗つたまま

白靴踏み申し訳なさまさりけり

今となればいい人でしたアロハシャツ

籐椅子にささくれひとつ昼の月

紫は日傘が落とす影の色

佯狂の疑惑深まる凌霄花

不用品ほど美しき夜店かな

悪い人ぢやないのだけれど揉む胡瓜

柚子坊が剃髪いたす山椒の木

言ひ訳に左様左様と萩揺るる
瑕疵の無きこと悩みをり白桔梗

蟠り解けし振りなる秋扇

破戒にも大小ありて月見酒

存外に竜胆の口堅からず

目印はローソン

2013

平成二十五年

天高く主審フォワードより速し

猪を食ひに来ぬかと誤着信

角打ちの客朗らかに冬に入る

ユグドラシル落葉し明けぬ夜の来る

ユグドラシル：北欧神話に登場する世界樹

喪中なればどこまでいたす年用意

子等走る白息の多寡競ひつつ

出不精は靴の鬱屈冬籠

益々のご発展をと雪庇

ひよろりらとアロエ脇より咲きにけり

春昼や出口入口同じ数

春寒や母は急須を膝に抱く

三日目の風船ほどにしよぼくれる

教会の屋根に磔刑春満月

くれなゐをはつかに抱けり蒸鰈

異界への門は猫の目花篝

春の蚊の手際の悪き仕事振り

惜しむべし春とをとこの愚かさを

目も口も巨きが佳かり鯉のぼり

屍に百の夏蝶群がりぬ
目印はローソンからすうりの花

ひたすらに母は水母を浜へ放る

夜の秋粋な別れを少し悔ゆ

小鳥来て上枝下枝の品定め

今欲しいのは飛蝗ほど強きバネ

野分来て少し頼りにされてをり
月出でて窓を鏡に化粧する

たましひのそこをあらひぬあらばしり

鳳仙花ほどに怒つてみせようか

感嘆符

2014

平成二十六年

懸大根晴れ晴れと村塗り直す

マスクしてをとこ幼くなりにけり

筋肉も愛も育てず冬籠

松飾をとこが立てるべきものを

羽子板の飾るしか無き重さかな

年新た言葉の海に漕ぎ出でな

節分の鬼棲む国に生まれけり

泣き虫の春の氷柱を折りにけり

玄関からも春は来るのだ三村君

買手など値踏みしてゐる種袋

蛇衣を脱ぐに用心とみかうみ

五月晴大きな犬を助手席に

からすうりの花にかこつけたる逢瀬
昼顔や互角に口をつぐみたる

水平線断ち切りサマードレス立つ

恋心出し惜しみする性暑し

今日からは秋草として身を正す

ただならぬ髪型であり小鳥来る

無花果を割れば歌垣見るごとし

感嘆符散らし良夜の聞き上手

赤い羽根外す潮時計りかね

故郷はかくて花野となりにけり

照準

2015

平成二十七年

読んでゐる時は静かね文化の日

月夜ならまつすぐいける何処までも

割烹着折り目正しく煮るおでん

小春日や牛の富士子の引く車

人去れば家老いるなり虎落笛

人は白息電車は人を吐きにけり

年賀状受けてポストの手柄顔

風邪引いて上司が魚に見えにけり

鰭酒や横顔ばかり見せやがる

冬帝の三千丈の後ろ髪

善人の集ふ寂しき日永かな

石も目を開けと今朝の桜かな

老船頭かひやぐらより戻り来る
春光を招くに磨くガラス窓

午前様六日の菖蒲湯につかる

晩節は汚れがちなり桜の実

迷ふならいつそ蛍についてゆけ

歯を磨く前に苺をもうひとつ

沈み込む指の熱さや苔の花

照準に人待ち顔のパナマ帽

秋立つにまだ炎帝の長つ尻

さはやかや次の子の名を話し合ふ

真葛原かへせもどせと鬼の哭く
蛇穴に入る私も入りたし

星の卵

2016

平成二十八年

松手入れ八割方は空鋏

秋蚕さわさわ棺と知らず紡ぐ繭

梟はこの三日月に目も呉れず

大人ほどうれしくはなき七五三

胸の奥の小さな部屋の北塞ぐ
聖歌流れ隔離病棟しづかなり

風邪と言ひ静かにをれば美形なり

諍ひて鉛のやうな春ショール

風車いま一斉に歌ひだす

ものの芽やいま屈伸の屈のはう

今生の最後の花と母はまた
サッカーボールつい蹴り返す花衣

たゆまずに海を濡らすや菜種梅雨

中身より見かけ大切蔓

一夜にて版図広げる黴の国

油照り三本脚の犬が行く

失せしもの一つ白玉の弾力
しどけなく長き蛇には永き夢

初秋とは星の卵の孵る頃

司会者のこれ見よがしの赤い羽根

トーテム

2017

平成二十九年

幾人かぶら下がりゆく秋神輿

願ひ事聞く気など無き流れ星

まだ夢の内側にゐる室の花
暫くは狼として生きてみよ

私のトーテムは猫初茜
淑気ただならず人の世ままならず

乗初の窓曇らせて父と子と

冬凪や伊根の舟屋に灯の二列

水平線傾けて飛ぶ初御空

絵硝子に日矢は染められ弥撒始

日向ぼこ猫の枕となりにけり

ペン回し稽古してゐる春の風邪

春愁は竹垣に立て掛けたまま
佐保姫の寵愛受けしをのこなる

花冷えの中有の傷のごとき月

みんなして桜に籠絡されてゐる

後戻りできぬ姿態やチューリップ

蛇穴を出てまづ探す更衣室

レガッタのコックス評価され難し

薫風が先読みたがる文庫本

蠅叩叩く手前に抜く力

浮力とは逆らふ力浮いてこい

箱庭の夫婦を少し近づける
泉には砂の踊り子永遠の舞

口開けて表裏判明日焼の子

人去れば駒草肩の力抜く

白票を入れに猛暑のとほき道

政ぢつと見てゐる蟇

蜩のずつと詠嘆してをりぬ

御仏の供花のくだりて菊枕

不調法とふ便利なことば濁り酒

赤い羽根つけてもらふに目の泳ぐ

落魄とは道に転がる榠樝の実

十六夜の刃を濡らすひかりかな

兎よりさびしくて

2018

平成三十年

もののけも紛れ遊ぶやハロウィーン

だるまさんがころんだ木枯しが吹いた

撃てるかと鹿に問はれてをりにけり

連絡の取りにくくなる猟期かな

当たり前に湯の出る蛇口十二月

手紙ください兎よりさびしくて

七草にブロッコリーとふ醜聞

毛皮着て歩けば生えてくる尻尾

たましひののりものとしてゆきやふる

蛤の鍋にかそけきかひやぐら

東風吹かば来てくれまいかメリーポピンズ

まこと風強き日であり憲法記念日

喉仏育てるための麦酒かな

からっぽの水のきれいな金魚鉢

雲の峰巻き尾りりしき秋田犬

一点凝視忽ち蟻の出現す

山羊の角握る手のひら汗ばみぬ

桃よりも傷つきやすきをとこたち

電柱はさびしき空の案山子かな

きちきちのおとのなごりのくさのゆれ

虫売りの声また低くなりにけり

残心

2019

平成三十一年—令和元年

ご両家の渾身の嘘菊日和

炬燵とふ飼ひ馴らされし火の裔よ

さよならを堰き留めてゐるマスクかな

冬麗の象の子の目の無表情

厄災の始まりとなる福袋

輝が麻布の祖母に瓜二つ

梅となら話ができる祖父である

火葬場に繁忙期あり梅真白

よそよそし皺と無縁の古雛

学び舎の備品としての桜かな

囀や人の忘れし相聞歌

薫風や鳩の卵のうすあをく

菖蒲湯を立てて老母を遊ばせる

レース編み先着順の恋をする

さくらんぼ暦の丸は何かしら

母の留守乳ぜりなく子にヴィシソワーズ

愛嬌は蠅虎に負けてゐる

他家伝来の処方に倣ふ梅仕事

残心は蛍袋に縫ひ閉ぢよ

夕立の所為で珍なる物を買ふ

不機嫌なＡＴＭや休暇明
ばあちゃんのひげのびてゐるきくびより

引けば崩るる

2020

令和二年

冬支度まづこの恋を終はらせる

今朝の冬手強くなりしバタナイフ

晴れて身の置き所無き雪女郎

有耶無耶に謝罪を済ませ日向ぼこ

枯蔓を引けば崩るる大伽藍

保線工冬の星座を友とする

死神が魂消るほどの大嘘

寒紅の封ぜし口の堅牢な

冬眠の蛇の見る夢長すぎる

大寒の空踏みつけて逆上がり

病因は上七軒の梅便り
くちづけを待ちちなば落ちん紅椿

好きだつて言へば良かつた春の雪

廃屋の柿の木ひこばえまみれなり

暮の春糸の切れたるマリオネット
風を待つ薔薇とりどりに化粧して

紙袋はシャネル中身は水羊羹

姉さんの手首にしなふ水団扇

背信を嗅ぐ汕頭《スワトウ》のハンカチに

炎帝を諫むるものの無き不幸

かりそめの恋は打ち止め業平忌

めまとひをひきつれてゆくよいところ

田水張り空の青さを倍にする

熱帯夜嫌ひなひとの夢ばかり

蘭亭序臨書延々秋夜半

撮影の父疎ましき運動会

俳句の国のアリス

2020

令和二年十二月

春

めくや不思議の国《ワンダーランド》は地下の国《アンダーグラウンド》

西

表山猫の子の笑はざる

暮れかねて帽子屋の吹くハーモニカ

野遊びやまづ名前から脱ぎ捨てて

くるくると変はる言ひ分瑠璃蜥蜴

にやにや笑ひのみ残りたる木下闇

野茨の花にかしづく調香師

杏タルト盗難事件未解決

理不尽な貴婦人たちの競べ馬

水晶のやうな筆名二重虹

銀化せる杯に注ぐ新酒《ヌーヴォー》かな

鏡文字あべこべつべこべきりぎりす

涙壺そっと差し出す月の客

回転木馬《カルーセル》未来も過去も霧の中

花野ゆく広き背中が道標

ライオンの玉座へ獅子座流星群

ミネルヴァの梟飛ばぬままに夜

チェシャ猫のひげに置く露よるべなし

おるごおる冬のひめごとしまひこむ

賛美歌を口遊みつつ狐狩り

連作「俳句の国のアリス」に寄せて

結社誌「銀化」の企画「同人テーマ詠」に寄稿。
前半はルイス・キャロルの「不思議の国のアリス」、
後半は「鏡の国のアリス」から想を得て、俳句の国
に迷い込んだ自分自身を重ねた。
二十句の頭文字を順に拾うと、「俳句の国のアリス
銀化中原道夫賛」となる。

あとがき

「俳句を始めたきっかけは？」と聞かれれば、「仕事です」と答えている。

その昔、ラジオ番組を作っていた。無趣味な中高年のために、新しい趣味への敷居を下げる、初心者のための番組を作ることになった。オペラ、洋酒、ジャズ、落語等に加え、当時の上司の趣味で俳句もリストに加わった。

いざ、俳句の放送回が近づいて来た。書籍はあれこれ読んだものの、今一つ俳句の楽しさのイメージがつかめない。件の上司に句会を経験したいと訴えたところ「それでは自分が参加している句会に連れて行ってやろう」と言う。

これが「銀化」と、中原道夫主宰との出会いであった。

行ってみたら滅法面白い。

当時の句会は、皆が手分けして短冊を清書してコピーを配布。全員が真剣に選句し、披講者が代表して読み上げ、最後に主宰選の発表、講評と続く。主宰であろうと新人であろうと、点が入るかどうかは俳句次第。

民主的な仕組みに感動し、点が入った全句を評する中原主宰の博覧強記の話術に魅せられ、あっという間に時間が過ぎた。おまけにビギナーズラックで主宰選をひとつ獲得。調子に乗って打ち上げの飲み会にまでついていき、そのまま居着いた。

ひよこが殻から出て最初に見たものを親だと思い込む、あれである。猫が最初に顔を洗った場所に居着くという、あれである。

その後、俳句の入門番組は無事に放送を終え、少なくとも一人は、この番組をきっかけに俳句を始めたわけである。


中原主宰は実に面倒見のいい親鳥である。巣に溢れる弟子たちの俳句や言動をよく観察して、一人ひとりに合った指導をしてくださる。何よりご本人が好奇心の塊で、そのエネルギッシュな姿勢に刺激を受ける。

主宰のみならず、結社の先輩方も親切で、初心者の疑問に丁寧に答え、辛抱強く導いてくれた。本当に感謝している。飽きっぽく、子どもの頃から三年以上続いた稽古事が無かったのに、俳句だけは十年以上続いていることに自分が一番驚いている。

句集を作ろうかな、というおこがましい思いの、背中を押してくれたのも、中原先生と結社の仲間たちだ。（むしろ私が引っ張られたかもしれない）

この句集に収めた句は、主宰の選を経て結社誌に掲載された十年間の句から、さらに絞り込んでまとめたものだ。最初に出た句会が「銀化」でなかったら、この本は生まれなかった。その句会で主宰選にあずかった句がこちら。

渦の中ひかり秘めたる蝸牛　真理子

わがままを許してくれた家族と、過分なご序文と装丁の労をお執りくださった中原道夫主宰、「銀化」の皆様、ふらんす堂の皆様、そして快くイラストを提供してくださった黒井健さんに深謝。

令和五年秋

川原真理子

著者略歴

川原真理子（かわはら・まりこ）

1958年（昭和33年）　東京都豊島区生まれ。
1977年（昭和52年）　お茶の水女子大学文教育学部附属高等学校卒業。
1981年（昭和56年）　慶応義塾大学文学部卒業。
2010年（平成22年）　夏、初めての句会に参加。秋、「銀化」入会。
2014年（平成26年）「銀化」同人。

現　在　「銀化」同人　俳人協会会員

現住所　〒171-0031　東京都豊島区目白5-11-7

句集　ひかり秘めたる　ひかりひめたる

二〇二三年一〇月一〇日　初版発行

著　者――川原真理子

発行人――山岡喜美子

発行所――ふらんす堂

〒182-0002　東京都調布市仙川町一―一五―三八―二F

電　話――〇三（三三二六）九〇六一　FAX〇三（三三二六）六九一九

ホームページ　http://furansudo.com/　E-mail　info@furansudo.com

振　替――〇〇一七〇―一―一八四一七三

印刷所――日本ハイコム㈱

製本所――㈱松　岳　社

定　価――本体二五〇〇円＋税

ISBN978-4-7814-1539-0　C0092　¥2500E